雪麻呂

小島ゆかり

短歌研究社

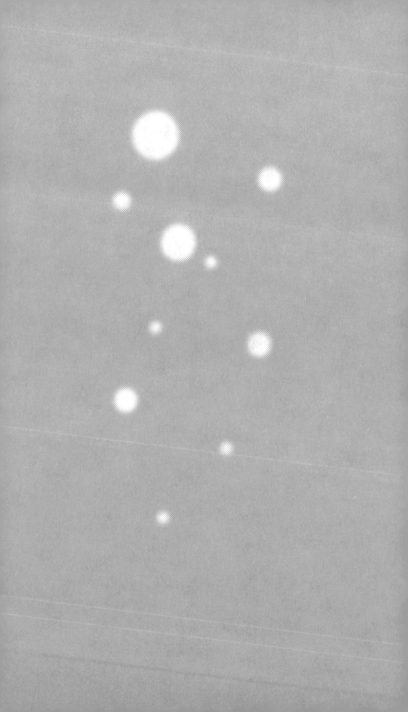

雪麻呂　目次

人肌のあめ 8
キャラバン 14
あさがほ 21
のどの奥 35
孔雀青 38
ブランコ 41
特濃牛乳 56
摺り足 60
旅鞄（長歌・反歌二首） 63
讃岐うどん 66

火の玉 71
雪麻呂 73
永遠 77
点火して 89
凪 94
さくらふぶき 96
大聖堂炎上 107
紀元前 110
ふるさとは名古屋です 113
手づくろひ 121

無限数列 135
聖かたつむり 142
夏空の岸 147
流星の文字 152
台風 163
沖島 167
冬はこれから 170
哲学と株 178
こゑ 186
よろし 194

太鼓のごとし 199
白梅ととんかつ 202
丘 207
肺呼吸 217
パンデミック 232
荒梅雨 235
猛暑茫々 244
未生の秋 253
あとがき 262

雪麻呂

人肌のあめ

椎の花にほへば夏の雨が来るだれかわからぬ人肌のあめ

遠く近く雨中になにかこゑ聞こえ　あるいは雨になりし人びと

地下鉄のドアひらくたび風ながれ水道橋は雨の香つよし

地下鉄のあをきシートにみどりごは預言者のごとく立ち上がりたり

梅雨ふかし地下ホームから地上へとボンベのやうな人体はこぶ

駅前の時計塔あめにけぶりつつもう遅すぎることの数かず

二〇一七年の児童虐待相談件数は約十二万件という。

ひつひつと夜の雨降り　十万人、否、二十万人の児童虐待

あらくれのけふのこころは存分に雨に打たれて野薊となる

雲間よりひかりの脚がのびてくる踏みごこちよきキャベツ畑に

カバーはづしはだかの本を持ち歩くにはかに夏の雲のぼるけふ

夏雲をみて唐突におもふこと夫《をつと》と次女に遅刻ぐせあり

キャラバン

歩くさへ全力の母すぐそこのはるけき夏の郵便局へ

わが母の旧字の名前代筆し最後の定期預金くづせり

日ざかりをゆらゆら母とわれゆけりたつた二人のキャラバンに似て

天道虫ぷつとまれば夏の夜の窓にちひさき水輪《みづわ》ひろがる

天道虫《てんたう》は小半球のからだもて大半球の夜を知るべし

ひかり濃くたまるまひるの薔薇園にひとつひとつの棘生きてをり

白よりも欲深さうなそれゆゑに悔い深さうな紅《くれなゐ》のばら

あらまあと薔薇に見られてみづからの怒りに燃ゆる顔に気づきぬ

鳴りながらかがよひながら浮く蜂のたまゆら大き日輪となる

蜂を見る眼をみひらけばじんじんと爬虫類めく、眼のみがしばし

薔薇園のなか通りぬけ終活の母の時計を修理に出しぬ

針止まれば昆虫のやうな腕時計　一生《ひとよ》の〈時間幻想〉さびし

あさがほ

ふくよかな熱き空気が脚に触れ盲導犬とすれちがひたる

いつそ牛を引いてゆきたし炎天の渋谷スクランブル交差点

独身の娘とわれとサッカーを観つつ深夜の暴食をせり

おほぞらを雲のまにまにスフィンクスゆけり前方後円墳ゆけり

ゆで卵つるりむきをへしばらくを手は満ち足りて朝かげのなか

積乱雲ふくれやまずも　骨折の痛みに耐ふる母の頭上に

ストレッチャーで運ばるるとき母はただ空を見てをり空の遠くを

生き延ぶることは痛みに耐ふることヘルペスのあと母、骨折す

よこたはる母に見えねど病室の窓にやさしい夕月のぼる

いまなにも思はぬがよし岬端《さきはな》に腰おろすごとコーヒーを飲む

夕陽こんなにうつくしけれど　半端ない介護の月日もう二十年

行き帰り汗まみれにて日々通ふしろい小箱の母の病室

白桃のつゆ手首までつたひつつ豪雨被害のニュースを聞きぬ

病室の脇道けふは油照り　貌《かほ》見ゆるまで揚羽近づく

帰りきてまづ飲む水にくろがねのひびきあり酷熱のゆふぐれ

ものおもひ暗澹たれどイマジンとひまじん似てることもおもへり

純白の封書をひらくやうに咲く手術の朝の母のあさがほ

あさがほは真水をたたへそのむかし母は盥《たらひ》に瓜を冷やしき

あさがほの蔓をのぼりて蟻が見る大盥なる空深からん

猫ほどに愛さぬゆゑかどことなくやさぐれてゐるわれのあさがほ

時を数へ花を数ふるにんげんの起きてこぬうち朝顔ひらく

朝顔の観察日記　にんげんはなにかを数へつづけて老いぬ

死にたいと言ひ生きたいと言ふ母の胸にひらかん夜のあさがほ

記録的豪雨、猛暑のこの夏を母リハビリすなほ生きんため
とれさうな母の釦をつけなほす七月のあをい銀河の底で

あさがほの明日咲く花はどれかしら夜空にひそむ死者たちの指

この坂を自転車でゆきし日々はるか雲の峰まで今日バスで行く

のどの奥

雨台風ざんざんと過ぎ南西に米朝首脳会談迫る

顔大き二人の男むかひ合ひ米朝首脳会談すすむ

のどの奥の奥まで見せてあくびせり猫は一度も嘘をつかねば

宵のころまたさやさやと雨来たり東アジアの小国日本

認知症十年病みて底抜けのすずしさ父に遺言はなし

孔雀青

なげやりになればば胃腸にちから充ち汗だくだくでカレー食べたり

孔雀青《ピーコックブルー》の傘が空をとぶ夏のあらしの青山通り

台風は西へ向くらしあかつきを風のホルンがとほざかりゆく

台風のなごりの風になみなみと吹かれつついま鷹喚《よ》ぶこころ

老犬の介護をはりて子のもとへ越してゆきたる老夫婦いかに

ブランコ

人びとのたましひ熟れてうまさうないちじく並ぶ秋暑の露店

いちじくを食めば憂ひのこころさへもつちりとして月を仰ぎぬ

ちちははをさびしき崖とおもふなり父の崖崩れ母の崖残る

車椅子、歩行器、杖と自立への母の日月《じつげつ》　夏すぎて秋

夕風の駅前広場　秋だからといふわけでなくつまづきやすし

白雲は呼び声に似ておほぞらに「おーい」「おまえ」と雲ふたつ浮く

しいんとしたこのしづけさは台風が来るしづけさだ、夜《よる》のやうな昼

天の酒ながれ出でたり台風ののちの夜空の紺みづみづし

涼しくてけふはブランコに乗つてみる　ゆくもかへるもぎぎと鳴りたり

ブランコを漕ぐことへたになりてゐるわれに気づかぬふりをして漕ぐ

ブランコを大きく漕げばこみあぐるわけのわからぬ大きなわらひ

ゆきかへるブランコたのしゆきかへるたびすれちがふだれかれのかほ

ブランコは乗るより降りるむづかしくおッとッと　さくらももこさん逝く

ゆふかげにひとりゆれゐるぶらんこを見てをり　さくらももこさん逝く

エアコンもテレビもつけつぱなしにて血糖値つねに測る夫《をつと》は

「お父さんよりは長生きしてね」って言はれつつ食む娘のパスタ

あきぞらはとんぼのめがね　似るところほぼなき夫と生日同じ

家族みな子どもにかへり秋の日を子どもどうしで遊んでみたし

陽のなかに風ながれつつひとつふたつ人の気配す白まんじゆしやげ

白花《しろはな》の秋陽にかわく曼殊沙華をりをりは髑髏《しやれかうべ》のごとし

亡き父はどうしてゐるか月の夜の唐黍ごはんひげまで炊けり

網棚の鞄そのままわれのみが降りて去りたり新幹線は

「どうして」とみづからに問ふみづからを夜の車窓に見つめつつ立つ

虫の夜　祖母の形見の針箱の隠し抽出しことことあける

さういへば祖母の家には裏ぐちに祖母の背丈の潜《くぐ》り戸ありき

ややこしき世に陶然とぶだうあり何の比喩でもなくてうつくし

剝落はやさしきものか人生のいつからとなくなにからとなく

赤頭《あかあたま》、黄頭《きあたま》ほほけ鶏頭の畑あかるし底なしのそら

特濃牛乳

すずかけのまだらの幹のつづく道けふ全天のうろこ雲なり

冷蔵庫を背にして立てば映像の津波がふいにうしろから来る

どうしたいわれかわからず膝に置くさみしいやさしいあきのてのひら

風のあさ風のひる風のよる　かぜの四肢くきやかに見ゆる武蔵野

母のための特濃牛乳買ひに出て仔牛のやうな園児らと会ふ

その夫の忌日忘れし母よろしその死忘れし姑《はは》なほよろし

摺り足

望月はこゑを洩らさず摺り足で摺り足でこよひ空を渡れる

肉体の異変いきなり　充血の眼《まなこ》でけふは鳥取へ行く

うつくしきわかき狂言師と語るまにまに熱し充血の眼の

国《こく》府《ふ》町《ちやう》まどかに晴れておほむかし家持のこゑを聞きしこの空

ゆれいでてやさし野紺菊、野紺菊そこに隠るるならずや狐

旅鞄

年々の旅ゆくわれに　なつかしき旅鞄あり　肩掛けのよき鞄あり。二十年《はたとせ》を使ひ古して　その色はくすみたれども　その生地は傷みたれども　なにをかもゆたに容れつつ　重からず身になじみたる。

二十年は短く長し　ある日にはまだいとけなき　夏草の娘ら

を容《い》れ　ある日には病みうづくまる　枯原の父を隠して　いくたびも旅にゆきたり。思ほえば貧しきころに　わが母が貸してくれたる　新品の鞄なりしを　思ほえば返す間もなく　年ふりて母は老いたり。

二十年は長く短し　母すでに旅ゆけずなり　鞄はもすでに古びぬ。しみじみとなかを覗けば　はるかなる風の音する　しづかなる雨の音する。

ふかぶかと、ああふかぶかと　このなかでけふ憩ひたし　眠りたし　たらちねのははの鞄のなかで。

反歌

やがてわが旅ゆけずなる日をひとり行くべし古きこの旅鞄
はぎすすききやうのあきの風の朝われはめざめん鞄のなかに

讃岐うどん

抽出しの奥に印鑑しまふたびただならずわが手首冷えたり

しばしばも動画の孫がわれを呼び土鳩のごとくわれは羽ばたく

電飾の街はかなしい　貧困の子どもを強く照らし出すから

農場に牛見にくれば堂々と冬の貌あり冬の尻あり

これまでのすべてはどこへ行つたのか窓を濡らして凍《こほ》る星空

あふむけは死者と対面するかたちあるいはわれが死者となりても

歳晩の日数をかぞふ冷蔵庫の残りの卵かぞふるやうに

きのふは過去、　あすは大過去　かまあげの讃岐うどんの玉ましろなる

火の玉

寄せ鍋の忘年会は湯気もうもうもうゐない人おもへど言はず

湯のやうにゆらゆらあたたかき時間忘年会ののちの独《ひと》りは

いぬの年去りゐのししの年は来て火の玉昇る東の窓に

雪麻呂

七草を言へぬ娘が作りたるとはいへうまし七草の粥

冷えわたる夜の澄みわたるかなたよりもうすぐ天《てん》の雪麻呂《ゆきまろ》が来る

白眉《しろまゆ》の垂眉《たれまゆ》のよき翁顔たまゆら浮かび夜の雪くる

雪麻呂を待ちつつこよひあかあかとわれは椿の媼となりぬ

鴫《はしたか》のあしに結はれし鈴の音をはるかにしまふ空の千年

ふりあふぐ古木の空は碧玉《あをだま》のやうでゆつくりてのひらひらく

永遠

新年は例年となりスーパーへ杖の老人ひとりづつ行く

満員の車中にだれか笑ひをりむかしのわれのわらひのごとく

ああ雪とふりあふぐときおほぞらの喉《のみど》へふかく落ちゆかんとす

ゆきは冷《つめ》た、ゆきは温《あたた》か　いつのまにこんなに着ぶくれをしてわたし

歯をみがく口のなかにも雪がふるひそひそと降る東京の雪

老人と子供のポルカずびずばあ貧困はヤメテケーレ　雪ふる

白鳥の池に雪ふりゆきのなかにやはらかく立つ天然の頸《くび》

むかうむきの白鳥は思ひ出のごとしあをき空から雪はふりつつ

やみてまたふりくる雪の池あかるしかたまりて濃くにほふ白鳥

ふる雪に白鳥ぬれず永遠はこのゆきがはくてうになるまで

猫の耳ぴくと動きて冬晴れの今日三度目の救急車行く

窓にゐた猫ゐなくなり雲しろしわれに見えざる無何有之郷《むかいうのきやう》

その蜘蛛はわれにあらねど蜘蛛の巣を攫ひし風のゆくへ見てをり

夫よりもわれと親しく手をつなぐ姑《はは》となりたり靴ちぐはぐに

首かしげ首かしげ姑のながい昼たくさんの過去がこんがらがつて

介護できる幸せなんて簡単に言ふ人ちよつと信用できません

浪費癖あれど娘はその祖母につねにやさしくものを言ふなり

孫はすみれ春の野原の花なれば上手に夫と遊んでくれぬ

孫のゐる夫婦となりてもぞもぞとなにか語れり昼の電車に

どこからでも喰つてみろよと棘あかく花咲蟹はゆであがりたり

寒の星粗《あら》く光れり手づかみで原人のごとく蟹たべるとき

食後とはみだりがはしくなつかしくひとりひとりのたゆたふ時間

点火して

しばしばもからだのどこか点火して猫が争ふ木枯らしの夜

古猫《ふるねこ》はこゑに怒りを若猫《わかねこ》は背に怒りを見せて対峙す

猫族がけんくわするにはこの家は狭すぎるあちこちにぶつかる

皺ふかき手はおのづから首ねつこ摑んで猫のけんくわ止めたり

もの言はぬときもの思ふわけでなくむつつりむつつり干葡萄食む

難儀なることは明日へと持ち越さん明日なくならば難儀終はらん

老年の娘の顔があるやうで娘の部屋の鏡おそろし

いまふかく疲るるわれにフェルメールの女ミルクを注ぎてくれぬ

風

外側のいちまいは風のかたちなり手を差し込んでキャベツをはがす

人は死に人は生き人は立ちつくしゆふまぐれああ、風が出てきた

早春はうづまくものの季節にて鳴門《なると》巻かがやく駅のラーメン

さくらふぶき

太古より蝶飛ぶ空のかがよへばましろき石は悠久をとぶ

前になり後《あと》になりつつ飛ぶ蝶はさんさんとわれの内側も飛ぶ

選ばるるよろこびにゆるる花のなかするすると蝶の舌のびてくる

背後よりせまる指ありうつつなきつまみごころに蝶つまむとき

蝶がきて風がきて蝶と風がきて翁は春のベンチとなりぬ

あれもこれも忘れし姑《はは》と手をつなぐ三十五年目のさくらのしたで

戦中の思ひ出ふいに語りては「ねえそうだったでしょ」と姑言ふ

アメリカの毒水《どくみづ》とかつて姑言ひしコーラ分け合ふ紙のコップに

息子にもあなたのやうな嫁欲しと姑言ひ出づるさくらの日なり

愛に似てさくらはしろしはるかなる憎しみに似てさくらはしろし

愛憎は生くるちからとだれか言へど言へどかなしい花なり桜

息子もうわからぬ姑と手をつなぎ　歳月は花束とピストル

中朝首脳会談ありき夜桜を七色にライトアップするころ

夜の桜さはさはゆれて絶滅のキタシロサイがそこに来てゐる

一頭の雄死にて残る雌二頭もうそれつきりキタシロサイは

不義理をしかつ放念しこのごろはわれの暗闇うすあかりせり

人間を罵倒しながら夕光《ゆふかげ》の桟こえてくる黒蟻の列

肉球のあらばさくらのちる夜を音もなく会ひにゆきたし考《ちち》に

両足のふくらはぎ攣《つ》る一、二分孤島のごとし春のあけぼの

友だちの赤子みてきて春宵《しゆんせう》の子はしゆんしゆんとくしやみしてをり

この春、訃報三たび。

冷蔵庫ひらけばさくらふぶきしてだれかこの世を出でゆかんとす

大聖堂炎上

ちりはてて幹くろぐろと濡れてゐる桜にふかき肉声のあり

春ぞらへ遮断機あがり　行くごとく来るごとくいま歩きだすわれ

母の食《じき》ささやかに炊く春暁をノートルダム大聖堂燃え上がりたり

大聖堂火災のニュースありし日の視野にめらめら鴉増えゆく

貧困のこどもを救ふ金ならず富豪の寄付金一千億円

紀元前

ひとり来て稗田阿礼のごとく立つ遠あらしする菜の花の丘

菜の花の大群落のかがよへばだれの記憶かよみがへりくる

欲望の色ならねどもいちめんのなのはないろに眼が眩みたり

創世の素行よからぬ神々になまぐさき黄金《きん》の風は吹きしか

菜の花の丘わたる風の源流に紀元前といふ時間はありき

ふるさとは名古屋です　～題詠・名古屋～

ふるさとは名古屋です。時の彼方よりチンチンチンと花電車来る

花電車見たくて見えず肩車してくれた父も叔父ももう亡し

テレビ塔前の花壇でパンジーをつまむわれをり写真のなかに

パンジーが咲けば栄町《さかえ》の地下街のコンパルのサンドイッチ食べたし

短くて太い脚きはだたせたる女子児童われの提灯《ちやうちん》ブルマー

山崎川の夏の思ひ出ボール拾ひに下りてそのままザリガニ捕りぬ

ザリガニのにほひは夏の温水《ぬるみづ》のにほひなり素足素顔のころの

中学のマラソンゴールは八事山興正寺《やごとさんこうしやうじ》　いまも迷ふわれをり

高校へは二輛の市電で通った。

制服の秋のサージの湿り気の路面電車で古出来町《こできまち》まで

あやまりたいことがあるから一度だけ会ひたい人がありますいまも

錦通りでむかし見かけし岡井さん春日井さんの黒いタートル

ふるさとは垢抜けなくて嫌ひです好きです〈大名古屋ビルヂング〉など

駅ビルに高島屋できたころからか帰郷は旅のこころとなりぬ

姑《しうとめ》の名古屋弁なほまぎれなし帰りたいとはもう言はざれど

中日歌壇N氏かつての上司なり慎みてその歌をボツにす

毛づくろひ

だれもまだ明日へとどかず噴水のみづの穂ひかる駅前広場

三羽ゐて二羽きて五羽きて一羽発ちみな飛び立てる鳩のなりゆき

なりゆきにまかすといへどなかなかになりゆかず、ふと口笛を吹く

尿《ゆまり》する犬見てあれば人生の途中の時間あたたかくなる

北朝鮮発射「飛翔体」かもしれず東へ奔《はし》る濃紺の鳥

針穴に老眼の目を凝らすとき身はふしぎなるただよひをする

針穴をいま抜け出でて春昼《しゆんちう》のおぼろにかすむ窓に近づく

口あけて母がねむれるかたはらに粉雪状の龍角散のむ

古井戸のつめたく澄んだ水のいろ起き上がれない母のまなこは

歩きたい母の一念（それはたぶんわがため）だれの制止もきかず

なによりも素直にあれと教へたるはは老いて全《また》く言ふことききかず

いま伏せた茶碗のやうにひと日暮れ途方もなし一人生きて死ぬこと

海老は海老のかたちしてをり面妖なるこの世の頭はづしては食む

葉桜のそこにあそこにころの玉投げ合ひながら小鳥あそべり

スケボーの少女うつくし半袖を肩へめくれるしろいTシャツ

むかしむかしの恋歌《こひうた》を聴き猫をだき通俗的にねむたし春は

通俗は低俗ならずいくつかのたつたひとつの恋ありしこと

過ぎ去りし時間の奥のある夜の青葉うつくしすぎて怖れき

わが影を出でてぎらつく子蜥蜴は松葉牡丹の花に乗りたり

困難が押し寄せてくる　夏が来る　猿《ましら》のやうにはだかのこころ

ふるさとの家もうなくて紋白は海市のそらのふかくへ消えぬ

疲労ゆゑ歯が浮くといふシュールなる表現ありてけふは歯が浮く

黄昏は深海に似てだれのこゑも遠いなあ時が透きとほるなあ

言ふことと言ひたいことがこんなにもちがつてしまつて　また夏が来る

ああ五月、未来長者の若者にまじりてさわぐ過去長者われ

感情はけものなるゆゑ夏くれば青葉の闇に毛づくろひする

無限数列

軽はづみな国になりたる日本をむかしながらの走り梅雨過ぐ

ゆつくりでいいからいいからくりかへし母に言ふなり急ぐわたしは

かつて子が言ひし「自分でできるから」いまは老いたる母が言ふなり

人間がおもひちがひをして生くる世に蟻がゐて枇杷の実みのる

枇杷たべてしばらく口がしかしかす介護の日々をわれも老いゆく

検診後の念のためなる再検査ふえつつ胸に築く八重垣

黒《くろ》続々、蟻には蟻の夏ありてクレマチスの花をのぼれり

石をのぼり石をくだりて進みゆく蟻にこの世のうらおもてなし

生くる蟻が死にたる蟻を通過する夏のいのちの無限数列

人の夏より蟻の夏　生といひ死といひ真日にぎらぎらとせり

陽のひかり首にざらつく炎天下わけのわからぬ涙にじめる

蟻がのむ露一滴のたつぷり感おもひつつ飲む朝のまみづを

聖かたつむり

降るまへの雨の香濃ゆし武蔵野をおほふ樹木のつばさふくらむ

あぢさゐのざわざわゆれて午後四時のバスより先に通り雨くる

雨の日は雨のにほひの　風の日は風のにほひの　聖かたつむり

言ひかけて忘れてしまひたるしばし紫陽花大《だい》の頭しづけし

ごりごりと珈琲豆を挽く朝《あした》コロッセウムに降る雨おもふ

梅雨の間を堪《こら》へ梅雨明け堪へきれず歯が痛し島医院へ行けり

七月の蟷螂に似て歯科医師はきらきらとピンセットあやつる

夫妻なる医師二人をり裏口に子のころもする島歯科医院

歯の治療うけゐるしばし口中に遠き思ひ出の海がしぶける

夏空の岸

おろしたてのかがやく翅をひるがへし七月のわかき揚羽蝶くる

うらわかき揚羽とおもふその翅のやはらかささへ隠さず飛べり

夏空は渚のごとく照りわたり　二億年をものいはぬ蝶

青年の声に艶ありすれちがひ揚羽のやうに遠ざかるこゑ

睡眠と覚醒の間のしろい谿《たに》濡れたる翅をおそれつつ飛ぶ

あなたとてもつかれてゐるわ　ゐるわゐるわ　蝶が言ふなりわたしのこゑで

歳月に入り江あるらし飛ぶ蝶を見失ひたる夏空の岸

汗ぬぐふやうに涙をぬぐひをり母も娘も病む夏ながし

夜の窓全開にしてこんりんざいたつたひとりの自分を恃む

流星の文字

あをぞらのこんなところに死角あり中空《ちゆうくう》ふいにあふるる蜻蛉

生日は九月一日　蜻蛉《せいれい》と風とまぐはふやうな秋の日

漂泊の生とほけれどつぎつぎととんぼ吐きつつ風のなかなる

おほぞらの奥からかわが奥からかぎんの叫びのとんぼ湧き来る

ひもすがら遠山の木の揺れやまずたらちねの脳梗塞すすむ

ＭＲＩ検査待つ間を母言へり聞きづらけれど、誕生日おめでたう

文字書けずなりたる母が書きたくて書きたくて書く流星の文字

秋くれば秋のつめたいくちびるでねえどうするとひとりごと言ふ

これの世の悲しきことも楽しめとちちのこゑする満月の夜

心から父は壊れて体から母は壊れて　草の絮とぶ

近すぎるほどの肉声恋しきよ身めぐりのもの飛びやすき秋

秋天にきんこんかんこん鐘が鳴るきんもくせいの香の鐘が鳴る

大通りへ出てバスに乗りあの大き金木犀の香より逃げきる

あつたはずのあれこれいつのまにか無し夕焼け雲の今日はこれきり

いにしへは鏡でありし水の面をのぞけばほのか鯉のかほある

沈むやうなねむりは来たり雨の夜のかなたの池に鯉ひそみつつ

明日また旅ゆくわれに若猫《わかねこ》は気づかぬを古猫《ふるねこ》は気づきぬ

朝ごはん食べて片づけ鍵をかけ　家あるゆゑにわれは旅ゆく

断面にミルクのひかりにじみつつ白菜ならぶ〈朝獲《あさと》れ市場〉

無花果のパンを食べつつしみじみとしてもしなくても秋は深まる

台風

台風の迫るまひるを深鍋に白雲のごとく湧きたつうどん

秋の蝶とべば虚空のにほひしていま台風の目の中にあり

南極の氷刻々溶けつづけ　どの蛇口からも水はすぐ出る

乱高下して台風の空をゆく鳥あり鳥の事情をおもふ

魂の群行あらん台風ののち濃紺に波打つ夜ぞら

台風の夜は明けつつ雲や草や聞こえない母の耳も飛ぶなり

しづけさは悲鳴のごとし暴風雨去りし朝のガラスの光

沖島

沖島は琵琶湖にうかぶ歌枕　島びとよりも島ねこ多し

沖島へ漁船は奔る定期便に乗り遅れたるわたしを乗せて

十月の水照《みで》りざんざん押し分くる漁協組合長シゲルさんの船

島びとの集ふ広場に万葉の歌碑あり若き人麻呂のうた

恋に悩む人麻呂もこの闇を見しか淡海のうみの黒漆《くろうるし》の夜《よる》

冬はこれから

おもひの外《ほか》のもつての外のこともある一生《ひとよ》せつなし明日は歯を抜く

抜歯後のカルデラ、口の奥深く燃えながら行く立冬の街

抜き去りし奥歯の穴をゆくごとし腐葉土にほふ路地あたたかし

フック棒でコークスストーブの鉄扉《てっとびら》あけたつけ　もう霜月の雨

落葉の林に入れば　ギイーッ卜ントン　あれはコゲラか働く音す

冬の鳥するどく鳴けり残響のなかに古木のわれはみひらく

冬の鳥な鳴きそ鳴きそ衰ふる歯の根にいたくひびくまひるま

耳動く窓辺いつしか茜いろ猫は自分に飽きることなし

北へ行く旅のこころに病む母か病む子か白き鳥うづくまる

坊主頭の小学生のよき歌あり宮柊二記念館短歌大会

破間《あぶるま》を矢振間《やぶるま》と詠みし先生の耳のふかくの心をおもふ

しんとまたしんと試飲すしなざかる越の酒蔵〈ゆきくら〉のなか

文化財豪農目黒邸、晩秋の池に鯉をりいのちは動く

去年《こぞ》は北陸新幹線に忘れたるトランク浦佐の旅館に忘る

大急ぎ母に土産を買ふ越後浦佐ほんたうの冬はこれから

哲学と株

ポケットの鍵をさぐれば霜月のそらのとほくがちりんと鳴りぬ

地下鉄のつめたきドアにもたれをり大きく息を吸つてー吐いて

年金の受給手続きややこしと怒れる夫の話ややこし

晩秋のこんな明るい街に来てハシビロコウのやうに佇む

これはこれはと箱をのぞけばてりてりとわれを見かへす富有柿たち

おほき柿食べつつおもふ生涯につつゆかかはらぬ哲学と株

少しづつ水鳥太る冬が来てわが眼のなかに真水みちくる

鳰どりは水にもぐりてみづになり浮き出でてみづは鳰どりになる

着信のバイブレーション　鳰鳥が冬の水面《みづも》に浮上するたび

細目するひかりうつくし花捨てるわれをテーブルの瓶が見てをり

花ばなに記憶はあるか剪りとられ束ねられ活けられて捨てらる

とつぷりよりどつぷりが好きどつぷりと日は暮れ猫はどつぷりすわる

颪なくて落葉《らくえふ》たえまなきひと日わたしは時間の瘤のやうなる

落葉《おちば》また落葉　忘れた日が今日に続いて　落葉またちる落葉

こゑ

マイクにて語りはじむるわが声に驚けりこゑもさびしく太る

ひえわたる天にぶだうのいろみちてひとふさづつのかなしみの人

「ああ」と言ひ「また」と言ひてはとほざかる肉声は湯のやうにゆれつつ

林檎箱あければひそひそ話やみ一個一個の息かすかなり

満月をとりだすごとし大玉の月夜野林檎《つきよのりんご》つめたく重く

この夜のわがてのひらのものがたり月夜野林檎に月の蜜あり

冬晴れはをんなの首の冷えやすく大根甘きころかとおもふ

にんにくを炒めてをれば雪が来るずうんとふかき冬の食欲

ふるさとの雪ふる夜の思ひ出は野火はしるごと犬が走れり

いよいよにろれつあやふき母となり風船玉のなかからころす

雪晴れのあんなたのしみ　鴉らは飛翔、滑空、旋回しをり

北国の輓曳競馬《ばんえいけいば》　鼻息の奥から馬の貌が現はる

またしてもわが顔が出るよく伸びるセーターの首くぐれどくぐれど

死後はあんなふうになりたし裸木の胸をじゆんじゆん雀出入りす

遠方といふはるかなる場所がありて枯芝色の犬とあゆめば

よろし

メリヤスの古肌着にて母が縫ひし窓ふき布はどこへいつたか

歳晩は梯子をのぼる人多しなんのためにと問ふひまはなし

家族みな元気でといふほんたうはもつとも叶ひがたきを希ふ

令和二年子《ね》の年明けてなかんづく健啖よろし猫のたますけ

二〇二〇、令和二年に母ふたり娘ふたり猫二匹ゐるよろし

ねずみ年なれど帰らず無時間の岸へ渡りし父のねずみは

いろいろのことをよろしとおもふまで生きて言ひたし自分よろしと

雪ふれば雪ふる天の輪を回るむかし飼つてた真白のねずみ

太鼓のごとし

三歳と六十三歳あそぶとき太鼓のごとし寒の太陽

どうしてか笑ひとまらぬ孫とわれあかいさざんくわに囲まれながら

さざんくわにかこまれながら孫わらひ天の太鼓は鳴りやまなくに

さざんくわの花をのぞけりをさなごは隠しカメラをまだ知らなくて

わが孫は高知へ帰りこの道のさざんくわはもとの山茶花になる

白梅ととんかつ

細道にバスは入りつつ見るつもりなく見てしまふよその家々

大根のはな咲く畑につづく庭みづいろのサーフボード干しあり

浄水場タンクの脇でメモをとる青年の眉上下にうごく

いくつものバス停過ぎてひとつのみ記憶せり鶏鳴幼稚園前

あの花は梅か桜かさわぎつつ女子高生ら過ぎてゆきたり

あの花は梅でも桜でもよくて女子高生のころ咲くごとし

白梅をいたくむしりし鵯はほおつとしばし空を見てをり

梅しろし夕風のみち帰りきていのち奇《あや》しくとんかつ食べぬ

丘

わが影を鳩出入りする昼すぎのホームは過去のごとく音なし

丘のある車窓風景みるうちにこころの丘にしろい山羊をり

虚弱ゆゑ山羊当番であつたといふ勤労動員女学生の母

ゆふぞらをわらわらと鴉わたりつつ山羊の老母は丘をくだりぬ

曇り日はまなぶた重し古びたる眼球に似る春の日輪

店頭の新たまねぎのそのままに児らのくるぶし弾み行きたり

あきらめとちがふ涼しさ老眼で春のスクランブル交差点ゆく

さく花の歌群、　ちる花の大歌群　息をころして本棚にあり

散る花をふりあふぐときひさかたの春は巨大な落とし穴なり

見し者のまなぶたならんやはらかくちりかさなれるさくらはなびら

きぞの夜はぶーんと鳴りし冷蔵庫いまこの家を去りゆかんとす

あたらしき冷蔵庫ふるき冷蔵庫すれちがひたり玄関前で

新世代の光とおもふ開くたび冷蔵庫内ブルーに灯る

腎不全の診断受けし古猫《ふるねこ》とこよひしつとり寄り添ひて寝る

みづからの病知らねば古猫は怒りに怒るフード変はるを

ふるさとの楽園町の丘に似る猫のあたまに陽が当たりをり

中学は楽園町の丘の上のぼりくだりの膝若かりき

ウイルスに蹂躙さるる春は悲しマスクしてシュークリームを買ひぬ

消え失せし白マスクそこに咲《ひら》きをり駅の広場の大き木蓮

肺呼吸

三月のぼたん雪ふり首都圏は病む白鳥のごとくひそけし

いつまでと問はず答へず老耄の母と暮らせばぼたん雪ふる

ネット社会にひどく怯えて生きづらさMaxであるこのごろのわれ

わからうとしない自分に気づかうとしないわたしにうすうす気づく

介護用品ふえるさみしい家を出て街をあるけば段につまづく

母連れて小さき家に引つ越さん物すくなくて風とほる家に

古き物捨てても捨てても片づかぬふかい抽出し、老母の部屋は

母の部屋の牧野植物大図鑑　海石《いくり》となりてまたぐほかなし

老虎《らうこ》のごと諭したまへりこの家にいちまいきりの房付き座布団

捨てて捨てて生きんとおもふ夕焼けのそらに老母を捨てるときまで

風鳴りのかなたから来るしづかなる濃きひかりありたちまち燕

ひるがへる紺のからだのしゅッとしてツバメハツバメデツライゼと言ふ

なめらかにあざやかにつばめ飛翔せり四月の街を８Ｋにして

遠くまでけふはま青に晴れわたり行方不明の女の子おもふ

人生の憂ひは果てしなきものを〈楽らくウォーキングシューズ〉を買ひぬ

介護なほつづき　大きな黒い魚ゆらりと胸にうごくことある

自己嫌悪Ｍａｘであるけふのわれ餃子の羽をばりばりに焼く

二人子と半日かけてたくさんの餃子つつみし前世の春

小さき手はるなつ過ぎて女の手あきふゆ越えて皺ばむこの手

たんぽぽの野道はやさし疲れたなあじぶんに言へどじぶん応へず

放心の胸にしいんと陽は照りて脚のみじかきアホウドリゐる

若死にの母や早死にの兄はなくかなしみ鈍きアホウドリわれ

姑《しうとめ》も母もてんでに老い進みどんどのやうな春のゆふぐも

氷あをし鮮魚の棚をのぞくときわが眼は濡れて魚の眼となる

緊急事態宣言あれば肺呼吸しばし止めつつ眼《め》呼吸をする

マスクしてマスクはづして在る日々の白い春なり　もうはなみづき

はなみづきの街路は空港のごとし外出自粛の窓のむかうに

はなみづきも鳥もゆれをり白マスクはづせばゆたかなる肺呼吸

さかさまに花つつくとき春昼は奈落の途中ならんか鳥よ

パンデミック

ウイルスの衰へを待つこの春もふたたびはなし熊蜂うなる

金毛《きんもう》のせなか息づき蜜を吸ふ熊蜂みれば太陽は照る

パンデミックのひびき弾めりはじめから人を踊らす言葉のごとく

老人を子どもを守らねばならぬ介護者保護者守られたきを

まれびとのコロナウイルスの貌とおもふスーパームーン赤銅のいろ

荒梅雨

靴紐がほどけて道にかがむとき全方位いま日暮れのごとし

すぐに弾むこころとからだ叱られて訓練中の盲導犬くる

情報の言葉は車窓風景に似てすぎゆけり東京アラートも

瓶類の口はうはうとあへぎつつ関東地方梅雨に入りたり

土くさいぬか漬けうまし六月のひぐれの草の幽《くら》さなつかし

いろいろのことありて去るこの町に家族の顔のあぢさゐの花

母の死もわが死もたぶんその町で　八度目の転居準備を急ぐ

あれもこれも捨てる捨てようつづまりは本と二匹の猫が大切

あぢさゐは夢の群落　二十年暮らした町を明日は去りゆく

ああこれがわたしなんだなよりによつて雨の季節に引つ越しをする

この町の二十年のどの日でもない今日の日の雨後のゆふやけ

マスクすこしはづしてよいか深呼吸すれば山繭いろの夕雲

あぢさゐのほかのなにかもみつみつと集ふ気配す荒梅雨の奥

荒梅雨の群青いろのよるが来て爬虫類いま美しからん

あたらしき町も六月、雨のなか　消火器と猫は自分で運ぶ

転居するたびに自分が遠ざかりねむりは無人広場のごとし

猛暑茫々

死者もいま耳を澄ますか風さやぐポプラの街を霊柩車ゆく

霊柩車まがりゆくとき見えぬほど金《きん》こぼれたり夏の街路に

ポストさへ探しあぐねて新住民われはほとほと水鶏《くひな》のごとし

聞きたくないことも聞こえるはうがいいと聞きたいことも聞こえぬ母言ふ

聞こえない母にもの言ふわが声はダリアの鉢の虫に喰はれぬ

なにもかもいやと言ひたくなつたころ口開《あ》かぬ顎《がく》関節症になる

やれるだけやるしかないと思ふころ右手しびれて腱鞘炎になる

からだ溶けて消ゆるなめくぢをおもひつつ真夏の暴れ梅雨に濡れたり

梅雨明けずコロナ終はらぬ八月の風を見てをり雨中のかぜを

転居してまた転居していよいよにどこか遠くへ行きたしわれは

雷鳥も転居をしたり八月の乗鞍岳から木曽駒ケ岳

街なかでなにかつぶやくこのごろの後ろ姿の無防備なこと

気持ちのみ若きが危ふ、両手いつぱい荷物を持ちて水溜まり跳ぶ

冷や麦の氷すぐ溶け　あまつさへ冷や麦はもう飽きたのだつた

八月の猛暑きはまりきりきりと氷のごとくとんぼきらめく

猛暑茫々ろれつあやふく言ふ母に九十歳の言ひ分があり

母ねむる部屋のくらやみ虫か何か夜のガラスに激突したり

未生の秋

炎《も》ゆる昼とかげもわれも尾を隠す用心ゆるびすれちがひたる

ひつそりとわが影過ぎて白昼の路上とかげは舌を繰り出す

頭からとかげ消えたるくさむらに鬼百合の舌ながく垂れをり

西日濃しカラスアゲハは天空へ鴉天狗のごとく失《う》せたり

てのひらに豆腐をのせてよみがへる古墓石《ふるはかいし》のうらのつめたさ

晩夏《おそなつ》のうすむらさきのひぐれまへ過去が涼しくなる時間あり

ビルの間の雨のよぞらに花火あがり九月のしろいけむり濡れたり

そして秋　空もひとつの武蔵野に早馬《はゆま》のごとき風の音する

夕蟬のこゑある空のみづあかね小舟いくつもとほざかりゆく

介護負担限度額申請　野ぶだうの影さすやうなかなしみがまた

あかるすぎる秋のまひるま百円の老眼鏡をあちこちに置く

ぶだうパン食べて豆大福食べてわたしはたぶんまだ大丈夫

一群のとんぼ飛ぶとき鳴り出でて釣鐘となる秋のおほぞら

母がもう忘れたるわが誕生日　未生以前の秋のかぜふく

あとがき

本集は、歌集『六六魚』に続く十五冊目の歌集です。二〇一八年夏から二〇二〇年秋までの、おおよそ二年間の作品のなかから、四五一首（長歌一首、反歌二首を含む）を収めました。

二〇二〇年の六月、よりによってコロナ禍のまっただなかの、梅雨のまっただなかの、嵐の日に引っ越しをしました。九十歳の母と二匹の猫を連れての引っ越しは大混乱しましたが、これまでよりさらにゆたかな武蔵野の自然のなかで、日ごとに体内時計のゆがみが正される気持ちがします。

タイトルの「雪麻呂」は、架空の名前です。雪の気配とともに胸に降りてきたこの言葉に、不思議ななつかしさを感じてタイトルにしました。

これまでと同様、カッコ内とカタカナのみ、新仮名表記を用いています。

刊行にあたり、短歌研究社の國兼秀二社長はじめ、長年お世話になっている菊池洋美さん、水野佐八香さんにたくさんのお力を貸していただきました。ありがとうございました。

さらに、すばらしいデザインの本に仕上げてくださいました鈴木成一氏と鈴木成一デザイン室のみなさまに、深く感謝いたします。

東京は三度目の緊急事態宣言の期間に入りましたが、わたしの窓には新緑のひかりが揺れ、その向こうには、古代の人も見たであろう武蔵野丘陵の大空が拡がっています。

二〇二一年五月二日

小島ゆかり

コスモス叢書第一一九八篇

令和三年七月十四日　第一刷印刷発行
令和四年五月二十日　第五刷印刷発行

歌集　雪《ゆき》麻《ま》呂《ろ》

著者　小島《こじま》ゆかり
発行者　國兼秀二
発行所　短歌研究社
郵便番号一一二-〇〇一三
東京都文京区音羽一-一七-一四　音羽ＹＫビル
電話〇三-三九四四-四八二二・四八三三
振替〇〇一九〇-九-二四三七五番
印刷者　ＫＰＳプロダクツ
製本者　加藤製本
ブックデザイン　鈴木成一デザイン室

検印省略

ISBN978-4-86272-676-6 C0092